Louis Anseaume

Das Milchmädchen und die beiden Jäger

Eine Operette

Louis Anseaume

Das Milchmädchen und die beiden Jäger
Eine Operette

ISBN/EAN: 9783743366060

Hergestellt in Europa, USA, Kanada, Australien, Japan

Cover: Foto ©Andreas Hilbeck / pixelio.de

Manufactured and distributed by brebook publishing software
(www.brebook.com)

Louis Anseaume

Das Milchmädchen und die beiden Jäger

Das
Milchmädgen

und

die beiden Jäger

eine Operette.

Mannheim,

bey C. F. Schwann, Churfürstl. Hof-
buchhändler 1771.

Vorbericht.

Ich las vor einiger Zeit in einer gelehrten Zeitung, oder in einer Bibliothek (ich weiß selbst nicht mehr in welcher) das Urtheil: Daß man die französischen Operetten nicht übersetzen solte, weil dergleichen Stücke eigentlich nur der Musik wegen interessant wären. Im Grunde hat der Verfasser dieses Urtheils recht; dem ohnerachtet aber glaube ich den Liebhabern der teutschen Schaubühne, wenigstens in hisigen Gegenden, keinen übeln Dienst zu thun, wenn ich ihnen die besten französischen Operetten teutsch in die Hände liefere. Unsere Herrn Kunstrichter erlauben mir nur, mich mit ein Paar Worten deshalb zu rechtfertigen.

Die Musik und besonders die Arien, sind eigentlich dasjenige, was in einer Operette gefällt, und deren Wehrt oder Unwehrt entscheiden. Die Anlage des Stücks selbst, das Ganze desselben, ist mehrentheils so wenig interessant, so unregelmäßig geordnet und so leer von aller Moral, das auch der gefälligste Zuschauer kaum eine Scene aushalten würde. Der Beyfall also, den so manche Operette erhält,

A 2

hält, gehört gröstentheils demjenigen, der die Musik dazu componiret hat. Die Musik wird gestochen und verkauft; allein ein teutsches Frauenzimmer, welches kein französisch verstehet, möchte auch gerne die Arien teutsch dazu singen. Solte man dem schönen Geschlechte dies Vergnügen nicht gönnen? Ich kan nicht umhin bey dieser Gelegenheit eine ganze Stelle aus der Bibliothek des Hn. Klotz abzuschreiben. Sie steht in dem vierzehenden Stück auf der 212ten Seite. Der Beurtheiler der Kochischen Schaubühne in Leipzig sagt dort, wo von den Operetten die Rede ist. „Ein Nutzen von der komischen Oper kan ich hier nicht mit Stillschweigen übergehen: Unsere Nation, ist noch gar keine musikalische Nation, am allerwenigsten eine singende. Wer dies nicht glaubt, der gehe in unsere Kirchen und überzeuge sich davon. Die Oper, so wie sie vielen Geschmack an dem Schauspiel beygebracht, die zuvor gar keinen gehabt; so wie ihre Lieder viele geschmacklose und pöbelhafte Lieder verdrängen, die vorher unter der Menge gangbar waren; so verbreitet sie auch den musikalischen Geschmack, und stimmt die Kehlen des Volks zum Gesang.„

Man

Man hätte aber die Arien besser und
wohlklingender übersetzen können — Da-
gegen habe ich nichts einzuwenden. Schon
seit drey Jahren wartet unser hiesiges Pub-
licum darauf; aber niemand hat es bisher
übernommen. Nun so mögen denn diese
inzwischen die Neugier der Liebhaber be-
friedigen. Man wird sie von selbst weg-
werfen, sobald bessere Uebersetzungen er-
scheinen.

Ich mache mit dem Milchmädgen
den Anfang; es werden bald mehrere nach-
folgen. Wenn ein Bändgen fertig ist,
werde ich den allgemeinen Titel: Komi-
sche Opern für die Churpfälzische
teutsche Schaubühne dazu drucken lassen. Ich hoffe meine Landsleute dadurch
zu belustigen, und das ist es, was ich
vorzüglich suche.

Der Verleger.

Perſonen.

Caſper ⎱
Niclas ⎰ zwei Bauren

Rösgen, ein junges Bauermädgen, die
Milch auf den Markt trägt.

Das Theater ſtellet einen dicken
Wald vor. Ganz vornen ſtehet ein
hoher Baum und linker Hand in ei=
niger Entfernung eine alte Hütte.

Milchmädgen

und

die beiden Jäger.

———————❦———————

Erster Auftritt.

Niclas (allein)

Ich bin erfroren und erstarrt,
  Daß mir das Herz im Leibe knarrt;
Ich habe Regen, Wind und Schnee
Auf meinem Rücken — welch ein Weh!
Ich bin ganz steif und naß;
  Die ganze Nacht als ich hier saß,
Hatt' ich den Regen, Wind und Schnee
Auf meinem Rücken — welch ein Weh!
  Bey dem Elend das ich leide
  Wünsch ich öfters mir den Tod.

A 4   Nachts

Das Milchmädgen.

Nachts leid' ich hier auf der Weide
Hunger, Durst — ach welche Noth!

Ein Teufels Bär, dem ich aufpasse,
Macht, daß ich so leiden muß;
Doch kömmt er mir nur auf die Straße,
So hat er ganz gewis den Schuß.

Ich bin erfroren und erstarrt,
Daß mir das Herz im Leibe knarrt;
Ich habe Regen, Wind und Schnee
Auf meinem Rücken — welch ein Weh!

(Er ruft) He! Caspar, Caspar! — Er
kommt noch nicht; der faule Hund! Er hat
mir versprochen, noch vor Tage hier zu
seyn. — Wie ich aussehe! — He! Caspar! —
Ich wollte wetten, daß er noch schläft. Ha,
ich will nur gehen. — Aber unser Bär —
Halt! — Er pflegt hier gemeiniglich vor-
bei zu kommen: Wenn er jetzt käme —
Wie wollt ich ihn — (er legt die Flinte
an) Aber Caspar — O! Caspar wird nicht
komm-

kommen: Ich muß nur gehen und ihm
auffuchen.

Zweyter Auftritt.

Caspar, Niclas.

Niclas (indem er den Caspar
gewahr wird)

Ha, kommst du endlich: Jetzt ist es Zeit!

Caspar.

Zum Henker! du bist sehr eilig.

Niclas.

Ja, du bist es nicht, du; jetzt ist es Zeit
auf den Anstand zu gehen.

Caspar.

O, wir haben noch mehr Zeit als nöthig ist.

Niclas.

Ja, um nichts auszurichten.

A 5   Caspar.

Caspar.

Fängst du nicht schon wieder an zu gre:
nen, du Unglücksvogel!

Niclas.

Du hast gut reden, du; wenn du aber
die Nacht hier unter freiem Himmel im
Wind und Regen zugebracht hättest —

Caspar.

Das hat nichts zu sagen; es wird schon
wieder trocken werden.

Niclas.

Nun so komm dann, wir wollen den
Bären aufsuchen.

Caspar.

Ja, such ihn auf; such du ihn nur auf:
ich will dich hier erwarten (er sezt sich
auf die Erde und zieht aus seinem
Queersack ein Stück Brod und einen
Krug mit Wein hervor. Sobald
Niclas dieses gewahr wird, legt er
die

die Flinte weg, und sezt sich neben den Caspar) Nun, gehest du noch nicht? So gehe dann!

Niclas.

Ja, ja, ich gehe gleich.

Caspar.

Du warst ja so eilig.

Niclas.

O! wir haben noch Zeit genug. (er nimmt den Krug) Was ist in dem Krug? Brandtwein?

Caspar.

Nein, es ist Wein darin. Ich habe mir einen kleinen Vorrath für den ganzen Tag mitgenommen.

Niclas.

Daran hast du wohl gethan.

Caspar.

So lange ich Hofnung hab'
So bleib ich lustig, bis ins Grab.

Im-

Immer lustig,

Immer durstig,

In der allerschlimmsten Zeit,

Leb ich voll Zufriedenheit.

Ohne Gram und Sorgen

Seh ich in der künft'gen Zeit,

Sonst nichts als Freud!

Und ich finde jeden Morgen,

Diesen Trieb in mir erneut.

Niclas (der mit dem grösten Appetit ißt und trinkt.)

Zum Henker! so etwas hatte ich nöthig.

Caspar.

Nun, wie ist es? Bist du jetzt noch böse?

Niclas (reißt dem Caspar den Krug aus der Hand.)

Ja — Laß mich nur noch einmal trinken.

Caspar.

Der Teufel! du hast auch einen grimmigen Zorn. (Niclas trinkt) Halt! Halt!

Wenn

Wenn du jezt alles aussauffest, so behalten wir ja nichts für den Mittag übrig.

Niclas (wischt sich den Mund am Ermel ab.)

Das macht weil er gut ist. Wo hast du ihn her?

Caspar.

Der scheele Veithel hat mir ein Viertel davon zukommen lassen.

Niclas.

Wie? du hast also schon Geld bekommen?

Caspar.

Von wem?

Niclas.

Ey, von dem Kaufmann, der uns vierzig Gulden für die Haut von dem Bären geben will, den wir schießen wollen.

Caspar.

Nein, der hat mir noch nichts gegeben; aber der scheele Veithel hat mir ihn geborget.

Ni=

Niclas.

Hat er noch viel davon?

Caspar.

Ob er noch viel davon hat? Zwölf Stük=
fässer voll; das ist eine Lust zu sehen.

Niclas.

Das ist genug. Du weist, daß ich von
der Bärenhaut für mein Theil zwanzig
Gulden bekomme.

Caspar.

Das ist wahr.

Niclas.

Davon wird der scheele Veithel einen
guten Theil bekommen, und ich will mir
auch in meinen Keller — Au weh! Au weh!

Caspar.

Was ist? Was fehlt dir? (Jezt
kommt der Bär zum Vorschein.)

Niclas.

Ich mag keinen — Au weh! Au weh!

Ca=

Caspar.

Was hast du dann?

Niclas (zitternd.)

Sieh dich nur einmal um.

Caspar.

Wie? du zitterst? Ey, das ist ja unser
Bär.

Niclas.

Ja, ich sehe es wohl; freilich ist ers.

Caspar.

Fort, fort! nur Herz gefaßt; das ist ja
unser Glück.

Niclas (der Bär geht auf der andern
Seite dem Wald zu.)

Unser Glück sieht garstig aus!

Caspar.

Es ist aber doch ein schöner Bär; be-
trachte ihn nur einmal recht.

Niclas.

Ja, ja, ich habe ihn schon gesehen.

Cas

Caspar.

Wie! du zitterst?

Niclas.

Ich? Nein ich zittere nicht. Nimm
deine Flinte; geschwind!

Caspar.

Sie ist nicht geladen: die deinige ist geladen; schieß —

Niclas (springt auf und schlägt an.)

Da hab ich ihn? jezt — da ist er —

Caspar (der sein Gewehr ladt.)

Nur so drück doch los.

Niclas.

Geh, schieß du selbst!

Caspar.

Halt doch fest!

Niclas.

Ich kan nicht, die Finger sind mir steif.

Caspar.

Schieß doch!

Nic

Niclas.

Mein Pulver ist naß.

Caspar.

Thue anders auf die Pfanne.

Niclas.

Und du plauderst immer fort, und thust nichts.

Caspar (der sein Gewehr geladen hat)

Jetzt bin ich fertig; jetzt will ich — Weg da, laß mich schießen.

Niclas.

(Jetzt verliert sich der Bär aus dem Gesicht.)

Ja, du wirst es ihm geben.

Caspar (legt das Gewehr an.)

Wo Teufel ist er denn?

Niclas.

(geht hinter ihm herum, und stößt ihn weg.)

Schweig du doch; schweig!

B

Ca-

Caspar (stößt ihn wieder weg.)

Schweig du selbst; jezt hab ich ihn im Schuß. — Er ist schon zu weit entfernt: ich treffe ihn nicht mehr. — Ja er ist schon zu weit. Verflucht!——

Niclas.

Der ist also für dismal wieder fort. Es ist für ein andermal.

Caspar.	**Niclas.**
Wohlan , Niclas!	Wohlan, Caspar!
Du sagst kein Wort?	Du sagst kein Wort?
Niclas, wie nun?	Caspar, wie nun?
Du sagst kein Wort?	Du sagst kein Wort?

Beide.

Nein, aber ich rase!

Caspar.	**Niclas.**
Ist er schon todt?	Warum nicht todt?

Beide.

Ach das ist Schade!
Er war ja do,

Und

Und zwar ganz nah!
Niemals wird die Gelegenheit
Dies Glück uns wieder geben

Niclas. | **Caspar.**

Ist er schon todt? | Schweig still, du Tropf
Ich weiß es wohl, |
ich sah ihn ja. | er war ja da.

Beide.

Ach)
Ja) er ist fort, der Teufel hol' dies Leben!

Caspar.

Wie? du hast also den Muth schon verloren?

Niclas.

Nein wahrhaftig nicht; jezt werde ich
erst recht hitzig. Ich will ihm nachlaufen:
Bekümmere dich nur um nichts.

(Er läuft jener Gegend zu, wo der
Bär hergekommen)

Caspar.

Wo willst du hin? Da ist er ja nicht
hingegangen; dort mußt du hin.

Niclas.

Ich will ihm bey seiner Hole aufpassen.

Caspar.

Weißt denn du, wo die ist?

Niclas.

Ja, ich habe ihn gestern von weitem gesehen, als er hineingieng.

Caspar.

Meinetwegen, geh du nur hin; ich will hier bleiben, wenn er etwa hier vorbeikommen sollte.

Niclas.

Und ich, ich will ihm den Weg verrennen, während, das die Fährte frisch ist.

Caspar.

Du darfst nur pfeifen, wenn du mich nöthig hast; ich will mich bereit halten.

Ni

Niclas.

Das ist gut. (Er geht fort und
kommt wieder zurück) Höre Caspar,
wenn du ihn siehst, so halt ihn hier auf,
bis ich wieder komme. Ich will die Ehre
haben, ihn selbst todzuschießen.

Caspar.

Ja, ja; wenn du willst, so will ich ihn
sogar zu dier schicken.

(Niclas geht ab.)

Dritter Auftritt.

Caspar (allein.)

Ja, ja, geh du nur. Du wirst ihn fan-
gen; er wird auf dich warten. Was das
für ein ungeschickter Kerl ist, der Niclas!
Ohne ihn hätten wir ihn gewiß. — Was
soll ich aber hier machen. — Wenn aber
der Bär kämme — Ja — Unterdessen will

ich eine Pfeife rauchen; das wärmt mich
und macht klare Augen.

(Er stellt die Flinte an einen Baum
hin, und nimmt sein Feuerzeug,
um seine Pfeife anzuzünden.)

Wenn der Stein den Stahl berühret,

Spritzt das Feuer nach dem Streich,

Und der Zunder fängt sogleich.

So wird auch ein Kind verführet,

Das noch nichts als Unschuld fühlt,

Wenn es mit dem Jüngling spielt.

Das Herz muß sich doch ergeben,

Wär' es auch so hart als Stein.

Amor nimmt's gewislich ein.

Er kan es mit Freud beleben.

Feuer kriegt man, wie man will,

Und die Lieb' ist nur ein Spiel.

Wenn ich an den Niclas gedenke, so
kan ich mich des Lachens nicht enthalten,
(Er hat die Pfeife im Munde, und

spricht

spricht deshalb durch die Zähne.) Der
hat gezittert wie ein Espenlaub. — Es ist
aber doch bei meiner Seel ein schönes Thier
der Bär. — Die Haut ist hundert Gulden unter Brüdern werth, und wir haben
sie um vierzig verkauft. Das war ein schlech-
ter Handel. — Wir müssen eben denken,
daß wir es bey einer andern Bärenhaut
wieder einbringen können. — Aber da sehe ich ein Mädgen durch den Wald kommen. — Sie kömmt auf mich zu. — O!
zum Henker, wenn die mir auch in den
Schuß käme.
(Er klopft die Pfeife aus, und steckt
sie ein.)

Vierter Auftritt.
Caspar, Röschen.

Röschen (trägt einen Topf mit Milch
auf dem Kopf, und kommt singend
herein.)

Hier ist das kleine Milchmädgen,
Wer kauft ihr die Milch doch ab?

B 4

Ge-

Gestern saß ich an dem Strand,
Knüpfte Rosen mit Colinen,
Dieser küßte mir die Hand,
Um dies Sträuschen zu verdienen:
Ich gab ihm den kleinen Strauß,
Doch der Handel war nicht aus.

Hier ist das kleine Milchmädgen,
Wer kauft ꝛc. ꝛc.

Er behielt den kleinen Strauß,
Und war doch noch nicht zufrieden:
Er gieng mit bis an mein Haus,
Ich mocht ihm es gleich verbieten.
Nein, so geh ich nicht von hier,
Küsse mich, sprach er zu mir.

Hier ist das kleine Milchmädgen,
Wer kauft ꝛc. ꝛc.

Er gab mir noch einen Kuß,
Und ich konnt' es ihm nicht wehren,
Doch zu unserem Verdruß
Kann die Mutter uns zu stöhren.

Hört.

Hört, sprach sie, was macht ihr hier?

Nichts, gar nichts, sprach ich zu ihr.

Hier ist das kleine ꝛc.

(Caspar geht während der Arie um sie
herum, und macht Kraßfüße, die sie
mit einem spöttischen Lächeln
beantwortet.)

Caspar.

Guten Tag, Jungfer Röschen.

Röschen.

Ha ha! Guten Tag Herr Caspar!
Was wäre ihm lieb?

Caspar.

Was mir lieb wäre? Ey ich wollte sie
nur fragen, ob sie nicht hier ein wenig aus-
ruhen will.

Röschen.

Nein, nein; ich habe keine Zeit.

Caspar.

Nur einen Augenblick; Sie ist ja gar zu
tilfertig. Wo will sie denn schon so früh hin?

B 5   Rös-

Röschen.

Wo ich hin will? Auf den Markt, meine Milch zu verkaufen.

(Sie setzt ihren Milchtopf auf die Erde.)

Caspar.

Ihre Milch verkaufen! Die Spitzbübin — und — ist sie denn gut, Ihre Milch? Dürfte ich sie nicht einmal versuchen?

Röschen.

Nein, wahrhaftig nicht; die ist nicht für seinen Schnabel.

Caspar.

O verzeihe sie, Jungfer Röschen, — Sie ist eben so artig, daß man Lust bekommt, ihre Milch zu versuchen.

Röschen.

Ey, warum nicht!

Caspar.

Wahrhaftig! Sie ist so schön; Sy

ist

ist noch weißer als Ihre Milch; aber Sie
ist nicht so — (bey Seite.) Wie sie so
artig ist! — O! wenn das der Bär wäre,
auf welchen wir lauren! den wollten wir
nicht umbringen; wir wollten ihn zahm
machen, und schöne Künste lehren! —

Röschen.

Was? Er lauret auf einen Bären, sagt
er! O wahrhaftig, er sieht mir recht dar-
nach aus.

Caspar.

Ja, wir lauren auf ihn, und wir werden ihn auch gewis bekommen. O! das ist
sicher: Und da ich einem so artigen Mädgen begegnet bin, so kan es uns gar nicht
mehr fehlen.

Jüngst wollt' mir ein Jäger rathen:
Ziehst du, sprach er, ins Geheg,
Und find'st einen Advokaten
Oder ein alt Weib im Weg;
O! mein Freund so kehr zurücke.
Aber wenn mit munterm Blicke,

Dich

Dich ein schönes Kind erfreut;
Dieses bringt dir gutes Glücke,
Freude und Zufriedenheit.
Iezt seh ich es sonnenklar;
Dieses Sprichwort ist ganz wahr.
Du bist selbst die Freundlichkeit,
Und ich voll Zufriedenheit.

Röschen.

Das ist ganz artig, was er mir da sagt.
Ich wollte auch gern darauf antworten;
aber zum Unglück kan ich keine Complimenten machen.

Caspar.

O! ich verlange keine Complimenten—
Ich — verlange — ganz was anders.

Röschen.

Und was denn?

Caspar.

Ich verlange — nur ein wenig Liebe.

Röschen.

Liebe? — Für ihn!

Ca

Caspar.

Ja für mich.

Röschen.

O! ich bin seine Dienerin, Herr Caspar;
ich habe keine wegzuwerfen.

Caspar.

Sie darf eben so spröde nicht thun; sie
kennt mich noch nicht. Betrachts sie mich
nur einmal recht, da wird sie einen Hecht
gewahr werden, der schon manche erschnappt
hat.

Find' ich Gelegenheit ein Mädgen zu
    betriegen,
So bin ich wie ein Fuchs, der Hüner sucht
    zu kriegen;
  Eh sie's vermuthen kann,
  Weiß ich sie zu erschleichen,
  Sie kann mir nicht entweichen,
  Es ist um sie gethan.

Rös.

Röschen.

Wie es die Wachtel macht, den Jäger zu
betriegen,
Sie schlägt an diesem Ort, und dort sieht er
sie fliegen;
So mach ichs, wenn ein Mann
Durch List mich will verführen.
Er glaubt mein Herz zu rühren,
Und doch führ ich ihn an.

Caspar. Beide. Röschen.

Caspar	Röschen
Ja der Fuchs ist sehr schlimm;	Und die Wachtel noch schlimmer;
Er ertappt sie so gleich,	Sie spielt ihm einen Streich,
Und dann wird er sie kriegen,	Sie läßt sich nicht betriegen,
Er wird sie schon betriegen,	Und sie wird ihm entfliegen,
Laß sie ihn nur immer machen.	Ach! darüber muß ich lachen.

Rös-

Röschen.

Höre er Caspar, ich glaube, daß er mehr Lügen als Hüner ertappt.

Caspar.

Laß Sie mich nur gehen; wenn ich sie einmal in meinem Garn habe.

Röschen.

O! man erwischt mich nicht so leicht.

Caspar.

Es sollte mir doch wahrlich leid thun, wenn ich ein so schönes Wildpret verfehlte. Höre Sie, Röschen, wir wollen einmal gescheut mit einander reden. Sie gefällt mir ausserordentlich wohl, und wenn Sie wollte —

Röschen.

Nun dann?

Caspar.

Je nun, so könnte Sie meine Frau werden.

Rös:

Seine Frau! Ha ha ha! die Frau eines Wildschützen.

Caspar.

Was sagt sie? Eines Wildschützen?

Röschen.

Je nun, eines Jägers — da hätte ich was rechts, wenn ich ihn zum Mann hätte.

Caspar.

Wie so? Was fehlt mir denn?

Röschen.

(betrachtet ihn und seine Kleidung mit einer spöttischen Miene.)
— Aber — Alles wie mich dünkt —

Caspar.

Das da? das ist mein Jagdkleid.

Röschen.

Er geht also alle Tage auf die Jagd?

Caspar.

Und überdem, so weiß Sie noch nicht alles.

Rös

Röschen.

Und was denn?

Caspar.

Ich werde jezt bald mein Glück machen.

Röschen.

Und wie denn?

Caspar.

Die Haut von dem Bären, den wir
schiessen wollen, ist schon verkauft, und wenn
wir sie liefern, bekommen wir vierzig Gulden dafür; davon bekomme ich die eine
Hälfte, und die andere der Niclas.

Röschen.

Vierzig Gulden? Das ist was rechts.

Caspar.

Ja, und was hat Sie dann, daß Sie
so grosthut?

Röschen.

Was ich habe? Ey wahrhaftig! Was

C　　　　　　　　　ich

ich habe? (sie zeigt auf ihren Milchtopf) Und was ist denn das da?

Caspar.

Was das ist? das ist ein Topf.

Röschen.

Ja, aber das was, darinnen ist?

Caspar.

Was wird anders darinnen seyn, als
Milch. Darin ist doch wahrlich vor keine
vierzig Gulden Milch.

Röschen.

Nein; aber ich hoffe noch wohl mehr
daraus zu lösen. Ich möchte sie nicht vor
alle Bärenhäute in der Welt, und nicht
einmal vor die seinige hingeben. Gebe er
acht; höre er mir einmal zu.

Sag', wie dir das gefällt,
Die Milch mach' ich zu Geld,
Und ich verkauf sie theuer.
Was werd' ich damit thun?

Ich

Ich kauf mir hundert Eier,
Und jedes giebt ein Huhn.
Mich deucht in Wahrheit, ja,
Ha! ha! ha! ha!
Ich seh' sie jezt schon da.

Die Hüner sind bald gros,
Ich schlag sie theuer los,
Und alsdann kauf ich mir
Ein gutes Schaf dafür.
So hab ich ohne Müh
Bald eine Heerde Vieh.
Mich deucht in Wahrheit, ja,
Ha! ha! ha! ha!
Ich seh sie jezt schon da.

Dann kauf' ich eine Kuh
Und auch ein Pferd dazu.
Ich führ sie voller Freude
Selbst täglich auf die Weide,
Die sind dann alle mein:
Wie frölich werd' ich seyn!

C 2   Mich

Mich deucht in Wahrheit, ja,
Ha! ha! ha! ha!
Ich seh' sie jezt schon da.

Ich bekomm' ohne Müh,
Mit der Zeit Schaf' und Küh;
Gros und klein,
Alle mein.
Wie froh werd' ich seyn!
Mich deucht in Wahrheit, ja,
Ha! ha! ha! ha!
Ich seh' sie jezt schon da.

Caspar.

Ja, wenn Sie so rechnet, so würde das
Geld vor unsern Bären —

Röschen.

Sein Bär! Sein Bär! den hat er noch
nicht; ich aber habe meine Milch, (sie
nimmt ihren Topf wieder auf den
Kopf) und er weiß wohl, wie das Sprich-

wort

Wort heißt — Nun leb' er wohl, Caspar,
Wenn er einmal auch so viel aufzuweisen
hat, alsdann wollen wir schon weiter mit
einander sprechen.   Lebe er wohl; ich
wünsche ihm eine glückliche Jagd. Geb' er
nur acht, daß er nicht vorbeyschießet (sie
geht singend ab.)

    Ha! ha! ha!
    Sie sind da!
    Ha! ha! ha!

Fünfter Auftritt.

Caspar.

Die kleine Spitzbübin hält sich über
mich auf. — Aber wie sie so artig, sobäuß-
lich ist — Das wäre ja ein rechter Schatz,
wenn man so ein Weibchen hätte. Es ist
wahr, mein Anzug ist nicht gar zu sauber;
wenn aber der Bär nur erst todt ist, alsdann wird sich alles schon geben.

kommt eine Zeit, da diese kleinen Wölfe
so zahm werden, als die Lämmer.

Mädgen von so jungen Jahren,
Sind noch ziemlich unerfahren:
Denn so bald man sie berührt,
Glauben sie, sie seyn verführt.
Nein, ach nein! ach nein! mein Herr!
Schonen sie doch meiner Ehr!
Dieses kann ich nicht verstehn;
Ach! so lassen Sie mich gehn!

Doch wenn einst die Lieb' erwacht,
Und ihr Herz empfindlich macht,
O da sind sie ganz gelassen,
Dann kan man mit ihnen spaßen.
Wie ein Kätzchen bey dem Spielen
Sich uns immer freundlich zeigt,
Es läßt keine Klauen fühlen,
Wenn man es liebkosend streicht.

Sechster

Sechster Auftritt.

Caspar, Niclas.

Niclas.

(der ganz aufser Athem gelaufen
kommt, und schon von weitem
schreyet.)

Caspar! Zu Hülfe! Zu Hülfe! Der
Bär verfolgt mich!

Caspar.

Ach! nun sind wir verloren! (er klettert auf einen Baum.)

Niclas.

(läuft auf dem Theater herum, und
sucht vergeblich auf einen Baum
zu klettern.)

Himmel! was fange ich an.

Caspar.

Er wird uns auffressen.
(Jezt kommt der Bär zum Vorschein,
der den Niclas verfolgt.)

C 4   Ni-

Niclas (wirft sich auf den Boden hin.)
Ach! ich bin des Todes!

Caspar. (auf dem Baum.)
Zu Hülfe! Zu Hülfe! He! Peter, Wilhelm, zu Hülfe! Ach der arme Niclas! (der Bär beriecht den Niclas, der ganz still und ausgestreckt liegt, als ob er todt wäre; er kehrt ihn mit den Pfoten um; endlich verläßt er ihn, und lehnt sich an den Baum in die Höhe, als ob er hinauf wollte; von da kommt er wieder zum Niclas zurück, beriecht ihn noch einigemal, schüttelt den Kopf, und geht fort) Rege dich nicht, Niclas; halte den Athem zurück, thue als ob du todt seyest. Jetzt kommt er wieder zu mir; der Vielfraß! Er wird uns beyde auf einmal fressen. — Niclas! Niclas! Jetzt kommt er wieder zu dir; nimm dich in acht. Kein Mensch kommt uns zu
Hül-

Hülfe — (der Bär entfernt sich) Er
geht — Jezt ist er fort. (Er steigt bis
auf die Hälfte des Baums herunter,
klettert aber eiligst wieder in die Höhe.) Wenn er wieder käme — Nein, nein,
er geht in den grossen Wald (Er steigt
herunter.) Niclas, steh auf, der Bär
ist fort. — —

Niclas.
(der den Kopf ein wenig in die Höhe
hebt.)

Ach!
(Sie sehen sich beide traurig und still-
schweigend an, und drehen von Zeit
zu Zeit den Kopf rückwärts, um
zu sehen, ob der Bär nicht
wieder kommt.)

Caspar.
Steh dann auf Niclas!

Niclas.
Ich kan nicht mehr.

Ca-

Caspar.

Ach! mein lieber Camerad!

Niclas.

Ja, Unglücks-Cameraden sind wir —
der Teufel hat, glaube ich, sein Spiel mit
uns. — Kommt er nicht wieder? Ich zittere —

Caspar.

Nein, er kommt nicht wieder; er ist
schon weit.

Niclas.

Nicht gar zu weit; nicht gar zu weit.

Caspar.

Wie so?

Niclas.

Er kann ja nicht mehr gehen.

Caspar.

Wie, hast du ihn angeschossen?

Ni-

Niclas.

Ey freilich! Haſt du denn nicht geſehen, wie er nach dem Schuß lief?

Caſpar.

Im Ernſt? Nun das iſt gut; jezt iſt er unſer, ich bin dir Bürge dafür.

Niclas.

Behalte du ihn für dich, wenn du willſt; ich mag nichts mehr damit zu thun haben.

Caſpar.

Ich ſage dir, er iſt unſer; ich gebe dir mein Wort; Du haſt ihn getroffen? —

Niclas.

Ja, ſage ich dir.

Caſpar.

Das iſt gut; das iſt gut. Jezt will ich alle Hunde aus dem Dorfe zuſammen ſuchen; ſie werden bald mit ihm fertig ſeyn. Aber ich verſichere es dir, daß ich meinen Antheil den Hunden nicht laſſen werde.

Ni-

Niclas.

Geh du, meinetwegen, wenn du willst:
ich vor mein Theil gehe nicht mit. Ich
bleibe hier.

(Caspar geht mit seiner Flinte fort.)

Siebenter Auftritt.

Adieu! Caspar. Ja, ja, ich kan dir
wohl Adieu sagen. Wenn der wieder
kommt —; Ich bin doch noch so glücklich
davon gekommen. O! du verdammter
Bär! — Wenn dich sonst niemand um-
bringt, als ich, so wirst du lange leben.—
Aber es wäre doch wohl gut, wenn ich
mich in Sicherheit zu begeben suchte. —
Soll ich da auf den Baum steigen? Ja,
er könnte so gut hinauf klettern als ich; ich
bin müde, und wenn mir der Fuß aus-
glischte. — Gehorsamer Diener — (Er
betrachtet das alte Gebäude.) Hat

jung

zum Henker! das ist meine Sache. Das ist nicht zu hoch, und da werde ich ganz bequem liegen —— Ich will unsern Vorrath mitnehmen (Er nimmt den Krug und den Queersack.) Jezt mag der Feind kommen, wenn er will, und mich in meiner Verschanzung angreifen. (Er steigt hinauf.) Steht die Hütte auch vest? (Es fällt ein Stein herunter.) Nicht gar zu vest. (Er klettert hinauf, und läßt seinen Hut fallen.) Jezt bin ich droben —— Mein Hut, der mag liegen bleiben. (Er legt sich längst auf dem Dache hin.) Das ist bey meiner Treu, so gut, als ob ich in meinem Bette läge. (Er sezt sich wieder in die Höhe.) Vortreflich! (Er schüttelt den Krug, ob noch etwas darinnen ist.) Ist noch etwas darin? Ja, ja, ich will einmal trinken, um mir die Zeit zu vertreiben.

D

O süsser Saft
Der edlen Reben
Du kanst mir geben
Jezt neue Kraft.
Ein Gläschen Wein zu rechter Zeit
Vertreibt Verdruß und Traurigkeit,
Erfreut das Herz und machet Muth,
Verschaft den Adern frisches Blut,
Trinke ich Wein,
So bild' ich mir ein,
Ein König zu seyn.

(Er spricht das Folgende mit stotternder Zunge, als ein Mensch, der besoffen ist, und schon halb schläft.)

Der Caspar — war doch vorsichtig — Es ist nichts mehr im Krug — Ich weiß nicht wie mirs ist; aber der Kopf ist mir so schwer — Ha! die Furcht — die Strapatzen — der Wein — ja — Caspar, ich betaure dich — Aber meine zwanzig

tig Gulden? — Je nun, es ist ein Wort
— wir wollen als Brüder theilen —
weil — und — ja, ja.

Achter Auftritt.

Niclas, auf der Hütte. Röschen, wei-
nend und den Handgriff von ihrem
zerbrochenen Topf in der Hand.

Röschen.

Wie bin ich so unglücklich — Ach! meine Mutter! — Meine Mutter! — Was
wird die sagen? — Ich werde niemals
wieder ins Haus kommen dürfen.

O weh! mein ganzes Glück ist hin,
Mein schöner Milchtopf ist zerbrochen:
Ich war schon reich in meinem Sinn,
Doch, Caspar, nun bist du gerochen.
Umsonst hab ich aufs Glück gedacht.
Der Topf ist hin, Glück gute Nacht!

Der

Der Anschlag wird glücken,
Dacht' ich in meinem Sinn:
Der Topf ist in Stücken,
Mein Glück ist nun hin!

Hier sind die Schaf', hier sind die Kühe,
Hier liegt das schöne Federvieh!
Lebt wohl ihr Kühe, Pferde und Ziegen,
Hier seh ich euch jezt vor mir liegen,
Ihr arme Thiere seyd erstickt,
Eh ihr des Tages Licht erblickt.

Ich sehe den Caspar dort herkommen;
ich habe mich vorhin über ihn aufgehalten.
Wenn er mich sieht, so wird er sich an mir
rächen — Aber — wie er so erhizt aus-
siehet — Er scheinet zornig zu seyn —
Vielleicht ist ihm ein Unglück begegnet. Ich
will mich verstecken, um doch zu hören,
was ihm fehlt. (Sie versteckt sich hinter die Sträuche.)

Neun

Neunter Auftritt.

Niclas, der auf dem Dache liegt und
schläft, Röschen, die sich verstekt
hat und Caspar.

Caspar.

Ich bin ganz auffer Athem — ich kan
nicht mehr! Verfluchtes Handwerk! Verdammter Bär! Ich bin ganz zerfezt: ich
habe die Hälfte meiner Schenkel und Klei-
der in den Hecken gelassen. — Niclas!
He! Niclas! — (Er sieht den Hut auf
der Erde liegen.) Ha! hier ist sein Hut,
Den Niclas hat ganz gewiß der Bär gefressen. Er hat die Hunde gefressen, er hätte mich fast gefressen, ich glaube, er fresse
den Teufel mit samt den Hörnern. — Jezt
ist es aus mit mir — Es bleibt mir kein

D   ande-

anderes Mittel übrig, als der Tod. —
Und was mache ich länger auf der Welt?
Würde ich dann doch nicht in kurzen Hungers sterben müssen? — Hungers sterben, — da es doch so viele kürzere Wege
giebt — Wenn ich nur gleich mein Ge-
wehr bey der Hand hätte. — Ich habe
ja noch diesen Riemen da — der ist eben
recht. — Frisch, hurtig: es soll bald ge-
schehen seyn.

(Er nimmt einen hölzernen Keil, den
er auf dem Boden findet, und sucht
ihn vermittelst eines Steins in die
Wand der Hütte zu schlagen, um sich
daran zu erhenken. Durch das Klo-
pfen fällt die ganze Hütte zusammen,
und Niclas, der oben geschlafen,
fällt mitten unter dem
Schut zu Boden.)

Alle

Alle drey.

Niclas.	Caspar.	Röschen.
Ich falle.	Diese Hütte,	Was ist geschehen?
Ich falle...	Diese Hütte	
Helft mir auf	Fällt auf mich.	Die Hütte liegt da,
Ach, ach, ach, ach!	Ach, ach, ach, ach!	Ha, ha, ha, ha,
Helft mir doch (zweymal.)	Haltet mich, (zweymal.)	Die Hütte liegt da,
Ich bin ganz zerquetsch,	Mein Arm ist entzwey.	Ein geringer Schmerz
Verdammte Hütte,	Vermaledeyte Hütte,	Benimmt ihm das Herz,
Ich bin geschunden.	Ich bin geschunden.	Und vorhin wolt er sterben.
(Er weint)		(Sie lacht.)
Hi, hi, hi, hi,	Hi, hi, hi, hi,	Hi, hi, hi, hi,
		Ihr arme Leute
Ich bin halb todt.	Ich bin halb todt.	Ihr seyd nicht todt.

Röschen.

Nun Caspar, hat er sein Glück gemacht.

Caspar.

Da sieht Sie es nun, Röschen, es will mir nichts in der Welt glücken; auch nicht einmal das Aufschenken.

Niclas.

Meine arme zwanzig Gulden!

Caspar zu Röschen.

Hab Sie doch mit mir armen Teufel Mitleiden. Heirathe Sie mich nur aus Barmherzigkeit, und wenn ich Ihr auch zu weiter nichts nütze wäre, als die Schafe zu hüten, die Sie bekommen wird —

Röschen.

Meine Schafe? die sind fort. — Höre er Caspar, ich bin nichts glücklicher, als er — Mein Milch-Topf —

Caspar.

Nun? Ihr Topf —

Rös-

Röschen (die ihm die Scherbe zeigt.)

Da ist er.

Caspar. (lachend)

Er ist zerbrochen! Jetzt sind wir ja einander gleich. Sie hat nichts und ich habe nichts; wenn wir nun die beyden Nichts zusammen thäten, vielleicht brächten wir doch noch etwas heraus.

Niclas.

Meine arme zwanzig Gulden!

Caspar.

Schweig du doch still, du; du greinst immer fort. (zu Röschen.) Sie sagt nichts, Jungfer Röschen. Sehe Sie, ich bin ein guter Narr; ich dächte, Sie nähme meinen Vorschlag an, es soll sie nicht gereuen.

Röschen.

Du willst mir jetzt ein Glück antragen,
Und hoffest, — doch ich sehe ein,
Wir werden heut nicht glücklich seyn,
Es ist gefährlich, es zu wagen.
Ein jeder, der dem Glücke traut,

Mag jezt an uns ein Beyspiel sehen:
Wer auf das Glück zu sicher baut,
Dem kann es auch wie uns ergehen.

Niclas.

Ja, das ist wohl wahr, was sie da sagt.

Caspar.

Was geht es denn dich an. Laß uns in Ruhe.

Niclas.

Das nemliche hat mir vorhin jemand gesagt, der noch niemals gelogen hat.

Caspar.

Und wer ist denn der Jemand? Denn du bist immer der Gescheute, du.

Niclas.

Wer es ist?

Caspar.

Ja.

Niclas.

Der Bär.

Ca-

Caspar.

Der Bär? der Bär hat mit dir geredet?
Nun das ist mir einmal wieder ein klüger
Einfall!

Röschen.

Nun das gestehe ich, das muß was schönes seyn.

Caspar.

Und was hat er dir denn gesagt?

Niclas.

Ja, er hat mir etwas gesagt, daran ich
zeitlebens gedenken werde.

Ich lag in lauter Angst und Beben,
Auf diesem Plaz, wo wir jezt stehn.
Vor heute schenk' ich dir dein Leben,
Sprach er, es soll dir nichts geschehn
Doch sage deinem Mitgenossen,
Das er dem Glück nicht zu viel traut;
Verkauft auch nie die Bärenhaut,
Bis ihr den Bär zuvor erschossen.

Chor.

Der Bär hat Recht!
Trau nicht dem Glücke,
Fürcht seine Tücke;
Der Bär hat recht!

Ca-

56. Das Milchmädgen.

Caspar.

Die Hofnung ist uns fehlgeschlagen,
Worauf wir schon so fest gebaut;
Zur Lehre will ich allen sagen:
Nur nicht zu viel dem Glück getraut.
Mein Röschen jetzt bin ich geroche;
Sie hat vorhin mich ausgelacht;
Ihr Glück ist so wie mein's gemacht,
Der schöne Milchtopf ist zerbrochen.

Chor.

Der Bär hat Recht!
Trau nicht dem Glücke,
Fürcht seine Tücke,
Der Bär hat Recht!

Röschen.

Was hilfts einander auszulachen,
Das Glücke spielt uns einen Streich.
Komm, Caspar, laß uns Hochzeit machen,
Ich bin dir jetzt an Reichthum gleich,
Ihr müßtet euch betrogen sehen,
Da ihr dem Glück zu viel getraut.
Und schon vorher die Bärenhaut
Verkauft, da er noch konnt' entgehn.

Chor.

Der Bär hat Recht!
Trau nicht dem Glücke,
Fürcht seine Tücke,
Der Bär hat Recht!

www.ingramcontent.com/pod-product-compliance
Lightning Source LLC
Chambersburg PA
CBHW022158020726
47496CB00008B/2772